20ª edição

# Elias José

# Cantigas de adolescer

Ilustrações: Evandro Luiz da Silva

Prêmio Adolfo Aizen — 1993 UBE

## Série Entre Linhas

Editor • Henrique Félix
Assessora editorial • Jacqueline F. de Barros
Preparação de texto • Célia Tavares
Consultoria editorial • Vivina de Assis Viana
Revisão de texto • Pedro Cunha Jr. (coord.)/Renato A. Colombo Jr./Edilene Martins dos Santos

Gerente de arte • Nair de Medeiros Barbosa
Coordenação de arte • José Maria Oliveira
Diagramação • Lucimar Aparecida Guerra e Elen Coppini Camioto
Projeto gráfico de capa e miolo • Homem de Melo & Troia Design
Impressão e acabamento • Gráfica Paym

Suplemento de leitura e Projeto de trabalho interdisciplinar • Veio Libri

### Dados Internacionais de Catalogação na Publicação (CIP)
### (Câmara Brasileira do Livro, SP, Brasil)

José, Elias
    Cantigas de adolescer / Elias José ; ilustrações
de Evandro Luiz da Silva. — 20ª ed. — São Paulo :
Atual, 2009. — (Entre Linhas: Adolescência)

    Inclui roteiro de leitura.
    ISBN 978-85-357-1149-3

    1. Literatura infantojuvenil  I. Silva, Evandro
Luiz da.  II. Título.  III. Série.

                                    CDD-028.5

### Índices para catálogo sistemático:

1. Literatura infantil  028.5
2. Literatura infantojuvenil  028.5

*Copyright* © Elias José, 1992.

**SARAIVA Educação S.A.**
Avenida das Nações Unidas, 7221 – Pinheiros
CEP 05425-902 – São Paulo – SP – Tel.: (0xx11) 4003-3061
www.coletivoleitor.com.br
atendimento@aticascipione.com.br

Todos os direitos reservados.

10ª tiragem
2022

CL: 810346
CAE: 575987

# Cantigas de adolescer
### Elias José

## Suplemento de leitura

Maria e João são adolescentes. Ela diz: "Idade? Quinze, mas tenho vinte ou doze,/dependendo da situação e das conveniências". Ambos vivem uma época da vida em que as pessoas precisam se convencer de que não são mais crianças. Em que ter a vida pela frente tanto encanta quanto assusta, pela ânsia de querer viver tudo o quanto antes.

Em seus poemas, divididos em 'Cantigas de Maria' e 'Cantigas de João', as personagens falam das mudanças físicas, do amor (ou de suas expectativas em relação ao amor), das brigas com os pais, da insegurança, da solidão, da vontade de encontrar alguém com quem compartilhar segredos, da importância de se descobrir e se encontrar.

# Por dentro do texto

## Personagens

1. *Cantigas de adolescer* é um livro de poemas. Considerando esse fato, você acha adequado dizer que essa obra apresenta personagens? Assinale as afirmações corretas:

   ( ) Não se deve falar em personagens nessa obra, pois em poemas há apenas o *eu lírico*, isto é, a voz que representa a sensibilidade do poeta.

   ( ) Em *Cantigas de adolescer* Maria e João constituem personagens porque, por meio dos poemas a eles atribuídos, contam situações que vivem, o que sentem, pensam, o que indica que representam seres humanos inventados pelo autor.

   ( ) Personagens só existem nas narrativas de ficção feitas em prosa (romances, novelas, contos), nas quais há enredos, histórias.

   ( ) Nos poemas de Maria e João de *Cantigas de adolescer*, aparecem diversas personagens, além deles próprios: pais e mães, namoradas e namorados, pessoas que fazem os dois adolescentes sonharem.

2. Em 'Cantigas de Maria', selecione alguns versos nos quais fique claro quem é essa garota que diz "Quero ser poeta, cantora, ganhar a vida/com meu canto e o violão".

_____
_____
_____
_____

Em cismar, sozinho, à noite,
Mais prazer encontro eu lá;
Minha terra tem palmeiras,
Onde canta o Sabiá.

Minha terra tem primores,
Que tais não encontro eu cá;
Em cismar – sozinho, à noite –
Mais prazer encontro eu lá;
Minha terra tem palmeiras,
Onde canta o Sabiá.

Não permita Deus que eu morra,
Sem que eu volte para lá;
Sem que desfrute os primores
Que não encontro por cá;
Sem qu'inda aviste as palmeiras,
Onde canta o Sabiá.

(Poesia. Rio de Janeiro: Agir.)

a) No poema 'Exilada', Maria afirma: "Meu quarto é meu país/ de exílio,/sem sabiás nem palmeiras". Muitas vezes um escritor reproduz um texto escrito por outro escritor, utilizando-o em uma situação diferente. Procure no dicionário o significado dos termos *paráfrase* e *paródia* e, a seguir, verifique qual deles corresponde a esse reaproveitamento que o autor fez de expressões do poema de Gonçalves Dias.

**9.** O poema 'Quem tem razão?' brinca com palavras homógrafas (se você não sabe o que é isso, consulte o dicionário). Nele a palavra *cara* aparece muitas vezes e com significados diferentes. Com base nesses significados observados no poema, associe as duas colunas:

a) "Cara Cora"  ( ) Estar frente a frente com outra pessoa; falar com uma pessoa olhando-a.

b) "cara a cara"  ( ) Diz-se de uma pessoa muito querida, alguém a cuja amizade ou amor se dá especial valor.

c) "não vou com sua cara" ( ) Diz-se de algo evidente ou que se pode adivinhar com facilidade.

d) "tá na cara"  ( ) Prezada, estimada, querida.

e) "ela é muito cara"  ( ) Aquele indivíduo, aquela pessoa.

f) "aquele cara"  ( ) Não gosto de você; seu jeito me desagrada.

**10.** João, em 'Medos', afirma: "Não tenho mais direito ao medo./ Sou quase um homem feito". Você acha que crescer implica perder o direito ao medo?

_____

_____

# Produção de texto

**11.** Imagine um encontro entre João e Maria. Descreva esse encontro, relatando-o à sua maneira, em forma de poemas. Ou, se preferir, escreva um pequeno conto ou uma crônica. Maria e João se apaixonariam um pelo outro? Ou se tornariam amigos, encontrando um no outro o companheiro de confidências que

**3.** Faça o mesmo em 'Cantigas de João', agora em relação ao garoto que diz "Sou o poeta João,/cheio de sonhos e pesadelos/e medos e coragem".

_____

_____

_____

_____

**4.** Com suas palavras, descreva Maria e João, procurando identificar as semelhanças e as diferenças de visão de mundo entre eles.

_____

_____

_____

_____

_____

## Linguagem

**5.** Leia com atenção o poema a seguir, de Gonçalves Dias, poeta brasileiro. Chamado 'Canção do exílio', o poema foi escrito em Coimbra, Portugal, em 1843. Nessa época, Gonçalves Dias vivia nesse país, onde realizava seus estudos universitários.

> Minha terra tem palmeiras,
> Onde canta o Sabiá;
> As aves que aqui gorjeiam,
> Não gorjeiam como lá.
>
> Nosso céu tem mais estrelas,
> Nossas várzeas têm mais flores,
> Nossos bosques têm mais vida,
> Nossa vida mais amores.

ambos procuram? Ou teriam inveja um do outro, disputando quem escreveria os melhores poemas? Pense também em outras possibilidades. Como foi que eles se conheceram? Pela Internet ou num sarau de poesia do colégio de um deles? Arrisque... pegue esses dois personagens e torne-os seus!

## Atividades complementares

(Sugestões para Cinema, Literatura, Música, História e Geografia)

12. Você assistiu ao filme *O carteiro e o poeta*? Dirigido por Michael Radford, esse filme (lançado em vídeo no Brasil pela Abril Vídeo) conta a história da comovente amizade entre o poeta chileno Pablo Neruda e um humilde morador de uma ilha da Itália. Durante o tempo de permanência de Neruda na ilha, exilado ali por questões políticas, os dois desenvolvem um relacionamento todo baseado no amor pela poesia. Assista ao filme, de novo ou pela primeira vez, e escreva suas impressões a respeito dele.

13. A 'Canção do exílio' de Gonçalves Dias serviu de inspiração para muitos poetas. Um deles foi Murilo Mendes, que escreveu em sua *Canção do exílio* estes versos: "Minha terra tem macieira da Califórnia/onde cantam os gaturamos de Veneza...". Tom Jobim e Chico Buarque, na letra da música *Sabiá*, dando voz a um exilado, assim se expressaram: "Vou voltar/Sei que ainda vou voltar/ Para o meu lugar/Foi lá e é ainda lá/Que eu hei de ouvir cantar uma sabiá...". Procure escutar a música *Sabiá* ou conhecer sua letra e ler o poema de Murilo Mendes e depois troque ideias com seus colegas sobre as semelhanças entre essas obras.

14. Em 'Abrindo o caderno de poesias', Maria cita um grande número de pessoas famosas e as personagens Dom Quixote e Carlitos. Pesquise e descubra quem foi ou é cada uma delas.

# Por dentro do texto

### Personagens

1. *Cantigas de adolescer* é um livro de poemas. Considerando esse fato, você acha adequado dizer que essa obra apresenta personagens? Assinale as afirmações corretas:

   ( ) Não se deve falar em personagens nessa obra, pois em poemas há apenas o *eu lírico*, isto é, a voz que representa a sensibilidade do poeta.

   ( ) Em *Cantigas de adolescer* Maria e João constituem personagens porque, por meio dos poemas a eles atribuídos, contam situações que vivem, o que sentem, pensam, o que indica que representam seres humanos inventados pelo autor.

   ( ) Personagens só existem nas narrativas de ficção feitas em prosa (romances, novelas, contos), nas quais há enredos, histórias.

   ( ) Nos poemas de Maria e João de *Cantigas de adolescer*, aparecem diversas personagens, além deles próprios: pais e mães, namoradas e namorados, pessoas que fazem os dois adolescentes sonharem.

2. Em 'Cantigas de Maria', selecione alguns versos nos quais fique claro quem é essa garota que diz "Quero ser poeta, cantora, ganhar a vida/com meu canto e o violão".

   _____

   _____

   _____

   _____

**ENTRE LINHAS**
ADOLESCÊNCIA

# Cantigas de adolescer
### Elias José

## Suplemento de leitura

Maria e João são adolescentes. Ela diz: "Idade? Quinze, mas tenho vinte ou doze,/dependendo da situação e das conveniências". Ambos vivem uma época da vida em que as pessoas precisam se convencer de que não são mais crianças. Em que ter a vida pela frente tanto encanta quanto assusta, pela ânsia de querer viver tudo o quanto antes.

Em seus poemas, divididos em 'Cantigas de Maria' e 'Cantigas de João', as personagens falam das mudanças físicas, do amor (ou de suas expectativas em relação ao amor), das brigas com os pais, da insegurança, da solidão, da vontade de encontrar alguém com quem compartilhar segredos, da importância de se descobrir e se encontrar.

*Este suplemento de leitura integra a obra Cantigas de adolescer. Não pode ser vendido separadamente. © SARAIVA Educação S.A.*

## Série Entre Linhas

Editor • Henrique Félix
Assessora editorial • Jacqueline F. de Barros
Preparação de texto • Célia Tavares
Consultoria editorial • Vivina de Assis Viana
Revisão de texto • Pedro Cunha Jr. (coord.)/Renato A. Colombo Jr./Edilene Martins dos Santos

Gerente de arte • Nair de Medeiros Barbosa
Coordenação de arte • José Maria Oliveira
Diagramação • Lucimar Aparecida Guerra e Elen Coppini Camioto
Projeto gráfico de capa e miolo • Homem de Melo & Troia Design
Impressão e acabamento • Gráfica Paym

Suplemento de leitura e Projeto de trabalho interdisciplinar • Veio Libri

### Dados Internacionais de Catalogação na Publicação (CIP)
### (Câmara Brasileira do Livro, SP, Brasil)

José, Elias
    Cantigas de adolescer / Elias José ; ilustrações
de Evandro Luiz da Silva. — 20ª ed. — São Paulo :
Atual, 2009. — (Entre Linhas: Adolescência)

    Inclui roteiro de leitura.
    ISBN 978-85-357-1149-3

    1. Literatura infantojuvenil I. Silva, Evandro
Luiz da. II. Título. III. Série.

                              CDD-028.5

### Índices para catálogo sistemático:
1. Literatura infantil  028.5
2. Literatura infantojuvenil  028.5

*Copyright* © Elias José, 1992.

**SARAIVA Educação S.A.**
Avenida das Nações Unidas, 7221 – Pinheiros
CEP 05425-902 – São Paulo – SP – Tel.: (0xx11) 4003-3061
www.coletivoleitor.com.br
atendimento@aticascipione.com.br

Todos os direitos reservados.

10ª tiragem
2022

CL: 810346
CAE: 575987

20ª edição

# Elias José

ENTRE LINHAS
ADOLESCÊNCIA

# Cantigas de adolescer

Ilustrações: Evandro Luiz da Silva

Atual Editora

Prêmio Adolfo Aizen —
1993 UBE

b) Compare os poemas 'Canção do exílio' e 'Exilada' e, a seguir, assinale as afirmações com as quais você concorda:

( ) Em ambos os poemas, o sentimento do eu lírico é o aspecto dominante, pois é o que faz a distância de Gonçalves Dias em relação ao Brasil e o isolamento de Maria em seu quarto se assemelharem a um exílio.

( ) Apesar de terem sido produzidos em épocas muito distantes uma da outra e de apresentarem linguagens diferentes, os dois poemas têm em comum o tom de lamento, de desconforto com o aqui e o agora.

( ) Nos dois poemas, o termo *exílio* é usado em referência a pessoas expulsas de seu país por razões políticas.

( ) A solidão é um tema comum a ambos os poemas.

**6.** Sobre cartas de amor, o poeta português Fernando Pessoa escreveu, em 1935, este poema:

Todas as cartas de amor são
Ridículas.
Não seriam cartas de amor se não fossem
Ridículas.

Também escrevi em meu tempo cartas de amor,
Como as outras,
Ridículas.

As cartas de amor, se há amor,
Têm de ser
Ridículas.

Mas, afinal,
Só as criaturas que nunca escreveram
Cartas de amor
É que são
Ridículas.

[...]

Releia agora o poema 'O bilhete'. Você vê nos dois poemas semelhanças no modo como se referem a cartas ou bilhetes de amor? E diferenças?

_____

_____

_____

**7.** Em 'As ondas do mar', são usados certos recursos que enriquecem o significado do poema. Entre as afirmações a seguir, quais dizem respeito a esses recursos?

( ) As rimas do poema são marcadas por uma interessante variação de palavras, produzindo uma sonoridade surpreendente em cada estrofe.

( ) Conforme estão dispostas na página, as estrofes do poema representam ondas, uma vindo depois da outra.

( ) A repetição de *ondas do mar* no final do segundo verso de cada estrofe lembra a cadência das ondas batendo na areia.

( ) O poema diz que os segredos das profundezas do mar são revelados pelas ondas, enquanto os do poeta são expressos pelos versos.

( ) Na última estrofe, a disposição dos versos, semelhante à das outras, contribui para reafirmar a ideia do quanto permaneceram na memória do eu lírico as sensações produzidas pelas ondas do mar.

**8.** No poema 'Abrindo o caderno de poesias', Maria diz: "Idade? Quinze, mas tenho vinte ou doze,/dependendo da situação e das conveniências". Em quais poemas é possível identificar essa "mudança de idade" que ocorre de acordo com a situação e as conveniências?

_____

_____

Para meus filhos — Iara, Lívia e Érico —
e para as várias gerações de alunos meus, que me
ensinaram a poesia do adolescer, com amor.

# Sumário

## Cantigas de Maria

Abrindo o caderno de poesias  8

Exilada  10

O olhar diferente  12

O cartão  13

Sofrer por antecipação  14

Saudades  15

Sonhos  16

Deslumbramento  17

No diário  18

Invasão proibida  20

Pergunta indiscreta  21

Desejos  22

Verdades  23

Tal mãe, tal filha  24

Segredo  25

Romantismo  26

O sim e o não  27

A troca  28

Primeiras vezes  29

Dona do nariz  31

Beco sem saída  32

Séria decisão  34

Conversa séria  35

Projeto de atriz  36

Tormento  38

Beijos e beijos  39

Saturação  40

Quem tem razão?  41

Estrelas e mais estrelas  42

## Cantigas de João

Autoapresentação  44

Tempo  46

O nome da namorada  48

As dores do mundo  50

| |
|---|
| A mulher convite 51 |
| O bilhete 52 |
| Clara e o amor 53 |
| Só vontade 54 |
| As ondas do mar 55 |
| Sensações 56 |
| Indagação 57 |
| Rosa e rosas 58 |
| A lua azul 59 |
| Encucações paternas 60 |
| Sonho doido 61 |
| Relacionamento 62 |
| Os sons do mundo 63 |
| Janela mágica 64 |
| Se... 65 |
| Medos 66 |
| Camila é sonho 67 |

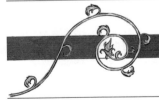

| |
|---|
| O autor 68 |
| Entrevista 70 |

# Cantigas de Maria

# Abrindo o caderno de poesias

Nome: Maria.
Do quê?
De nada, sem das Dores, sem de Lourdes,
sem da Glória, sem da Luz, sem das Graças.
Não sou Aparecida nem Teresa nem Antônia.
Só Maria.
Idade? Quinze, mas tenho vinte ou doze,
dependendo da situação e das conveniências.
Signo? Peixes — por isso sou sonhadora,
poeta. Nado de braçada nos sentimentos
e me esborracho nas coisas práticas.
Já viu que sou chegadinha numas de mística,
de cabala, olhar sorte, mapa astral e numerologia.

Quero ser poeta, cantora, ganhar a vida
com meu canto e o violão.
Se não der, vou cuidar de criancinhas
ou de velhos desamparados.
Meus ídolos já mostram esta vocação
para o sacerdócio, para o suicídio:
Irmã Dulce, Madre Teresa de Calcutá,
Lennon, Gandhi, São Francisco de Assis,
Chico Mendes,
Carlitos e, sobretudo, Dom Quixote.
Minha mãe me ensinou a gostar dos Beatles;
meu pai, de Caetano, Chico, Milton e Gil;
minha geração, de *rocks* barulhentos.
Por minha conta e riscos,
descobri meus eternos poetas:
Drummond, Bandeira, Quintana, Cecília
e Pessoa.

Escrevi poemas ou besteiras?
Escrevi coisa séria ou apenas fiz catarse?
Sei lá... Valeu o sonho, valeu o voo...
Se alguém ler e sonhar e voar junto,
será a glória, a festa, o prêmio.
Então, vamos lá?...

# Exilada

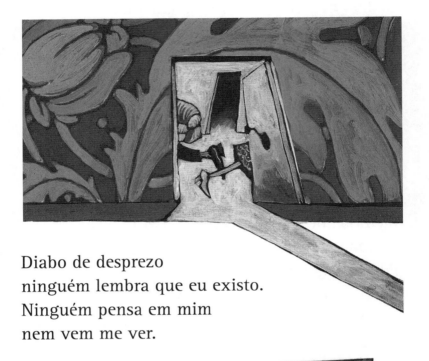

Diabo de desprezo
ninguém lembra que eu existo.
Ninguém pensa em mim
nem vem me ver.

Meu quarto é meu país
de exílio,
sem sabiás nem palmeiras.

Minha mãe não para de passar
pra lá e pra cá.
Vê a porta aberta,
o som no último volume.
E eu cantando junto
só pra chamar a atenção,
mas ela nem me liga.

Meu pai se ligou no jornal
e, como sempre,
desligou-se do mundo.
Grande coisa ler sobre guerra,
assaltos, poluição, violência,
e a filha aqui no sufoco
pedindo um sequestrador.

Faz quase meia hora
que nem um filho de Deus telefona...
E eu louca pra soltar a língua.

Será que estão achando
que eu morri aqui no exílio?

# O olhar diferente

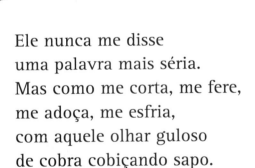

Ele nunca me disse
uma palavra mais séria.
Mas como me corta, me fere,
me adoça, me esfria,
com aquele olhar guloso
de cobra cobiçando sapo.

Sei não... ou melhor,
tenho muita certeza
que aquele jeito de olhar
soltando chispas e mel
só acontece quando o cara
está doidinho, de cabeça virada
de paixão.

# O cartão

Adorei o cartão que recebi
lá das longínquas e mágicas
praias do Ceará.
Trazia cores e brisas
de palmeiras,
plumagem, voo e canto
de sabiás.

Fechei os olhos e me vi
pegando onda,
queimando o corpo,
trocando carinhos,
muitos beijos, muitos abraços
ao lado do remetente.

Que ódio!
Detestei o frio "olá",
tudo lindo, um sonho,
nem quero voltar.

Será que ele encontrou
uma sereia, uma Iracema?
E onde é que fico
nessa história toda?
Só cartão, mesmo com tanta beleza,
já vou avisando, não me interessa.

# Sofrer por antecipação

Vestido azul longo e bonito,
meias da cor da pele,
sapato de meio salto prateado,
brincos, anéis e colares,
cabelos exoticamente penteados,
batom e esmalte discretos.
Tudo como convém a uma garota.
A uma linda garota, para ser exata.

Minha mãe diz que estou
uma verdadeira princesa.
Uma nova Cinderela.

Será que os garotos
também vão pensar assim?
Se ninguém dançar comigo,
depois de deixar meus jeans folgados,
pico este luxo todo
e me jogo com ele no lixo.

# Saudades

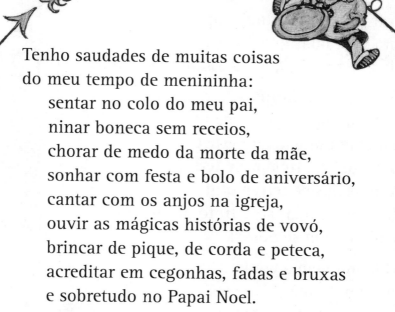

Tenho saudades de muitas coisas
do meu tempo de menininha:
    sentar no colo do meu pai,
    ninar boneca sem receios,
    chorar de medo da morte da mãe,
    sonhar com festa e bolo de aniversário,
    cantar com os anjos na igreja,
    ouvir as mágicas histórias de vovó,
    brincar de pique, de corda e peteca,
    acreditar em cegonhas, fadas e bruxas
    e sobretudo no Papai Noel.

Será que quando for velhinha,
e já estiver caducando,
vou viver tudo de novo?

# Sonhos

Se eu ganhasse na loteria,
compraria dez linhas
de telefone
e me desligaria do mundo...

Acho um inferno a implicância
desta casa.
Basta eu pegar no telefone,
pra todo mundo precisar dele,
pro pai reclamar dos impulsos,
pra mãe falar que é vocação
de telefonista, que é deslumbramento.

Se fico meia horinha
batendo papo com uma amiga
ou com um paquera especial,
vira guerra, tremor de terra!
Vira eclipse e terremoto!
Interurbano então é fruto proibido
e ai de mim se ousar!...

Quando vem a conta
no fim do mês,
tenho de botar algodão nos ouvidos
pra sobreviver ao falatório.

Se eu ganhasse na loteria,
compraria dez linhas.
Falaria vinte horas por dia
e ai de quem implicasse!

# Deslumbramento

O professor novo
é um pedaço de mau caminho!
Um homem MA-RA-VI-LHO-SO!!!
Pena que é manhoso
e pensa que é dono do mundo.
Pena que é tão sabidão
e não vê um palmo
além do seu umbigo
e das poesias de amor
que gosta tanto de ler
pra desespero das gatinhas.

Se ele fosse mesmo inteligente,
se fosse tão sensível pra poesia,
adivinharia que sou a mais bonita,
a mais envolvida, a mais atenta,
que sou um lindo poema.

Acho que o tontão deve me achar
uma estúpida criançona!

# No diário

Diário, amigo meu,
fica aí quietinho,
fechado a sete chaves.

Gosto de ver como você desperta
curiosidade nesta casa
e naquele carinha.

Minha irmã ofereceu
metade da mesada dela
só pra penetrar nos meus segredos.

Meu irmão sempre perturba,
dá desculpas de procurar coisas...
só pra ler alguma coisa
quando escrevo em você.

Meu pai dá risinhos.
Diz que todos os diários são iguais,
cheios de muitos sonhos
e pequenas desilusões.

O cidadão M.J.S.,
o tal carinha, convencido e "Dom Juan",
já me perguntou se falo dele
em 90% das páginas.

Tem gente que tem caixas-fortes,
cofres de tesouros, mapas de minas.
Eu tenho você, meu Diário.

Sem a chave (tão bem escondidinha),
como vão ler você, meu Diário?

# Invasão proibida

Que ninguém invada
meu quarto,
minha toca,
meu esconderijo,
meu caramujo,
que eu viro fera.

Se minha mãe bater na porta,
eu não abro.

Se meu pai bater na porta,
eu não abro.

Irmão, se bater,
eu mato.

Não abro pra ninguém...
ou melhor...
pensando bem...
se ele batesse...

Quase abri a porta
só do susto
de pensar.

# Pergunta indiscreta

Foi bom a gente parar juntos,
dançar juntos à moda antiga.
Ficar conversando até tarde da noite
de mãos dadas.
Foi bom só nós dois no portão
e aquela lua cheia estimulando
sem censuras.

Foi bom a gente conversar
sobre coisas sérias e bobas.
Lembrar cenas da infância,
levantar coisas odiadas e preferidas,
contar os projetos e dificuldades.
Ficar tempo perdidos numa viagem calada
de olhos enfeitiçados.

Foi bom, legal, joia,
ótimo, coisa de não se esquecer.
Mas custava muito ele me dar um beijo
na boca, um abraço mais forte?
Aqueles beijinhos no rosto valeram,
mas não contam.
Qualquer amigo daria...

# Desejos

Só roupa usada, gasta,
já batida!
Que diabo! Que vida!
Queria um *jeans*
ou uma minissaia
de etiqueta transada,
um tênis americano,
uma camiseta ecológica
com Chico Mendes, folhas e flores,
e complementos de butique.

Só que, se abro a boca pra pedir,
a casa ferve e lá vem sermão.
Minha mãe diz que tenho muito
e não dou valor,
que meu guarda-roupa está um caos.
Meu pai diz que só dá vermelho
na conta bancária
antes do fim do mês.

Por que não nasci rica?
Por que não sou filha de dona de butique?
Por que não me aparece um príncipe,
lindo e rico,
dono de petróleo nas arábias?

# Verdades

Seria simples chegar em casa
de leve, de levinho.
E, se for surpreendida,
inventar uma mentirinha
pra justificar o atraso.

Eu poderia dizer que tocava violão
e cantava na casa de uma amiga.
Poderia dizer que estudava Física
ou Matemática com a Laura.
Dizer que o ônibus não passava
e estava dura pra tomar um táxi.

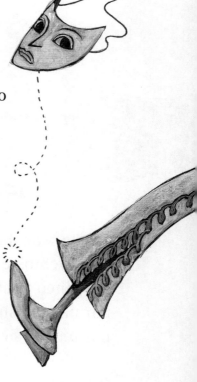

Como não tenho mesmo jeito
nem cara pra mentir,
como minha mãe sacaria no ato
e jogaria a minha cara no chão,
vou enfrentar as feras
e abrir o jogo.

É melhor contar logo
que tenho um novo namorado.
Ele mora longe
e só o vejo uma vez por semana.
Será que vão entender
que não posso ficar agora
medindo o tempo, como eles querem?

# Tal mãe, tal filha

Minha mãe diz que trovejo,
solto ventos e relâmpagos.
Despenco tempestades
por uma coisinha de nada,
por uma besteirinha qualquer.

Quando ela entra numa guerra,
numa tempestade em copo-d'água,
com todo o seu lado de fera,
fico com vontade de perguntar:
Pra quem será que eu puxei?

# Segredo

Se meu irmão me dedar,
se fizer o que está falando,
eu bato,
eu mato.
Eu o masco como um chiclete
e nem adianta a "mãezinha"
entrar no meio.

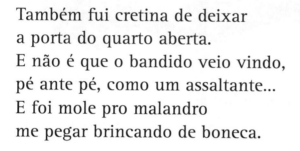

Também fui cretina de deixar
a porta do quarto aberta.
E não é que o bandido veio vindo,
pé ante pé, como um assaltante...
E foi mole pro malandro
me pegar brincando de boneca.

Se ele quiser,
em troca do segredo,
dou todinha minha mesada.

Se não quiser,
se preferir me entregar
pro namorado,
eu bato, eu mato,
faço dele um picadinho!

# Romantismo

Acho que sou meio boba,
meio louca,
sei lá.
Não é normal ficar assim
perdidona, desligada.
Só olhando a lua,
só contando estrelas,
sem pensar em nada,
em ninguém.
E sentindo uma vontade de fugir,
uma vontade de sorrir e de chorar.

# O sim
## e o não

Em casa,
sempre digo NÃO,
sem parar para pensar.
Ando só na contramão,
carregando bandeiras
e discursos de protesto.
Sinto que sou dura,
juro mudar, mas só vou piorando.

Na rua, na escola,
com colegas e professores,
sou a cordeirinha,
a dama do SIM.
Sou aquela que abaixa a cabeça
e cala
ou ainda agradece
quando usada.
Sinto que sou mole, despersonalizada.
Juro mudar, mas vou piorando.

Que raiva!
Por que não sei pôr
o SIM e o NÃO
no lugar e no tempo certos?

# A troca

Tudo começou na sala de aula...
Os olhares disfarçados,
os bilhetes que não diziam nada,
as desculpas de estudarmos juntos
e os disfarces pra não desconfiarem.

Depois, foi a fase de ficar juntos,
da moto afundando minha rua.
E vieram carícias nos cabelos,
muitos beijos, muitos abraços.
Parecia um amor eterno...

Não tive culpa,
foi demais pra minha cabeça!
Não sei de que comercial,
de que filme,
de que novela de tevê
saiu aquele monumento
cheio de músculos e dentes
e cheiro e olhares.
Um passarinho ferido
não ficaria tão tonto.
E gamei e gamei e gamei!!!

Triste troca,
já nem sei virar pra trás
pra encará-lo na última carteira.
(Ainda bem que ele mudou de lugar...)
Resultado: nem o pássaro feio na mão,
nem o pavão que voava.

# Primeiras vezes

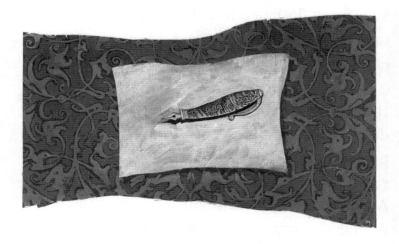

Há dois anos escrevi um poema
sobre as sensações
do primeiro beijo na boca
e falhei.
Não consegui o doce calor
e a magia do fato.

Tentei tanto falar
da espera e da primeira vez
que o líquido quente e vermelho
brotou do meu corpo,
mas vulgarizei a marca maior
do nascimento da fêmea.

Rasguei envergonhada
um poema sobre a iluminação do corpo
no espelho
quando vesti o primeiro sutiã.
Vi a força da imagem e da poesia
mais bela e mais densa
em um comercial de tevê.

Homenageei as marcas e formas
de meu corpo adolescente
pulsando de cores e luzes
em cada descoberta no espelho.
Ainda assim não consegui
recriar a poesia do adolescer.

Será falha do poeta
ou a poesia pura sufoca
a poesia feita de palavras?

# Dona
## do nariz

Um dia serei
dona do meu nariz.
Terei dezoito anos,
vou estudar e trabalhar.
Se não dividir apartamento,
vou ter a chave da porta,
a chave do carro,
a chave dos segredos noturnos
que hoje me dão medo.

Um dia, deixarei de pedir
dinheiro, horários, licenças.
Vou poder chegar depois da meia-noite.
Vou poder andar em garupa de moto
ou ficar contando estrelas
ou curtir mais o namorado.

Mesmo que eu me sinta coroa,
velha, encardida, enrugada,
com dezoito anos
descobrirei a liberdade.

# Beco sem saída

Acho que o mundo acabou.
Acabou a graça da vida,
a luz do verde.
O que era suave azul
virou cinza.

Não quero saber de nada...
O *rock* me cansa a beleza.
O estômago embrulha se penso
em chocolate, sorvete, hambúrguer
ou batata frita.

Perdi a graça de comer
e o jeito certo de curtir
a vida.

Se me derem passagem aérea
com estadia e grana
pra correr o mundo,
não vou poder aceitar.
Logo eu, uma cigana
nos sonhos de viajar.

Que bandido, cafajeste,
ordinário, sem caráter!

Será que vale a pena
sofrer tanto, tanto,
por causa de um carinha
que nem toma conhecimento
de mim?

# Séria
## decisão

Agora que tomei coragem,
escrevi e mandei o bilhete,
só me resta esperar... esperar...

Se ele me topar,
se for mesmo grandão,
se não for só fingimento
tanto olhar de vulcão,
logo ele liga
ou para a moto no portão.
Escrever ele não se atreve,
pois me acha uma intelectual
e tem alergia por gramática.

Engraçado, assim que tomei coragem
e soltei a paixão no bilhete,
já me senti aliviada.
Mais forte para um Não,
mais fraca para um Sim.

# Conversa séria

Espelho meu,
espelho meu,
sei que não há outra
mais bela do que eu.

Ninguém com estes olhos
de gata.
Ninguém com este sorriso
de comercial de dentifrício.
Ninguém com este nariz
arrebitado e no tamanho exato
para sentir cheiros especiais.
Ninguém com este cabelo
loiro, solto, brilhante.
Ninguém com este corpinho
exato nos montes e vales.

Ah, espelho meu,
esta espinha no queixo
acaba com a minha vida!

# Projeto de atriz

Encolhi o corpo todo
no palco.
Fiquei como um feto no útero,
sentindo o sangue correr
e as batidas do coração materno.

Pensei muito e só
no meu dedão do pé.
Senti a maciez e a eletricidade
de cada fio de cabelo.
Senti frios e me arrepiei.
Senti calores e suores brotarem.
Fui do pranto ao sorriso.
Viajei nas nuvens,
amarrei fitas de arco-íris
nos cabelos.

Aí ele pediu pra desligar-me,
não sentir e nem pensar
em nada, em nadinha mesmo.
Mas a cara do professor de teatro
veio vindo e foi crescendo.
Ganhou estranhas cores e formas.
Nem pensei mais em relaxamento
e explodi em histéricas gargalhadas.
E ele veio todo fera,
só querendo me matar.
Não me contive e morri de verdade,
mas de tanto rir e rir e rir.

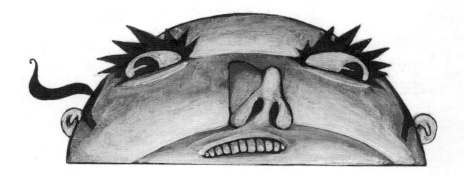

# Tormento

Estas espinhas todas
na testa, no nariz, no queixo,
será que não vão mais sumir?
Será que deixarão crateras
na minha cara?

Meu pai diz que espinha
é problema de má alimentação.
Mesmo assim, me recuso a virar coelho
pra comer cenoura e capim.
O verde é adorável pra se ver,
mas pra comer...

Minha mãe diz que vai me levar
numa dermatologista,
mas nunca arranja tempo pra mim.

Acho que a vó tem razão:
espinha é vontade de casar.

# Beijos
# e beijos

Se aquele beijo assustado,
que ganhei hoje no rosto,
fosse um caprichado beijo na boca...
Acho que o mundo giraria
e o céu desabaria todinho
na minha cabeça.

Há beijos e beijos...
Sei que ele queria mostrar amor,
mas a timidez revelou amizade.

Ou será que ele não sabe que
jabuticaba, sorvete de chocolate,
doce de coco, brigadeiro,
quindim, olho de sogra ou bombom,
nada é tão gostoso
como um demorado
beijo na boca?

# Saturação

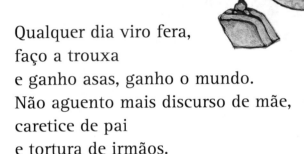

Qualquer dia viro fera,
faço a trouxa
e ganho asas, ganho o mundo.
Não aguento mais discurso de mãe,
caretice de pai
e tortura de irmãos.

Não aguento ver cadernos, livros, provas.
Hora certa de dormir e de acordar.
Deveres todos, direitos poucos,
asas cortadas, peias nos pés
e asas na cabeça.

Se não fosse o medo
— não do medo, mas da saudade —,
pegaria o primeiro avião,
ônibus ou trem, mas...
Qualquer dia viro a mesa.
Viro fera e me dissolvo no ar...

Quero ver só quem vai chorar
de saudades.

# Quem tem razão?

Carlos chega
e fala cara a cara:
— Cara Cora,
não vou com sua cara,
Mora?

Cora ouve e cala,
sabe que o papo
de Carlos
não cola.
Sabe que tá na cara
que ela é muito cara
pr'aquele cara.

# Estrelas e mais estrelas

Do céu,
estrelas-madrinhas
olham com doce carinho
pra gente.

Do céu,
estrelas-xeretas
sondam artes e bagunças
com inveja da gente.

Do céu,
estrelas-princesas
namoram com olhos de luzes
e muito charminho
a gente.

Meninos, meninas,
olhem muito pro céu.
Namorado e namorada,
olhem sempre pro céu.
Descubram as caras
de tantas estrelas.

De lá do céu,
solitárias e contentes,
as estrelas olham que olham
e cuidam da gente.

# Cantigas de João

# Autoapresentação

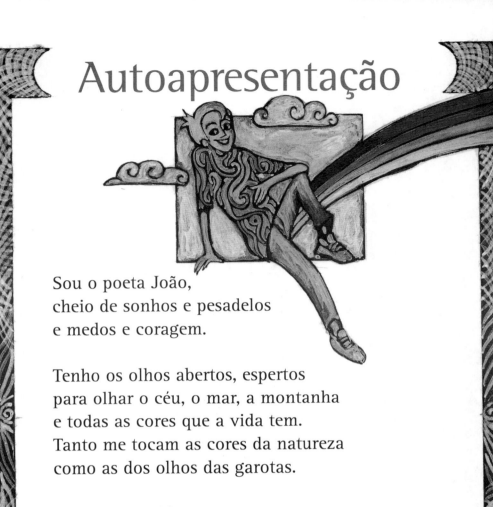

Sou o poeta João,
cheio de sonhos e pesadelos
e medos e coragem.

Tenho os olhos abertos, espertos
para olhar o céu, o mar, a montanha
e todas as cores que a vida tem.
Tanto me tocam as cores da natureza
como as dos olhos das garotas.

Tenho os ouvidos atentos
para a música, os ruídos todos
e a sonoridade dos sorrisos
e dos nomes de mulher.

Com os íntimos ou escrevendo,
sou falante, elétrico como um grilo.
Quando enfrento o desconhecido,
sou caracol encolhido em minha casca-casa.

Sou alegre e sou triste.
Sou poeta em projeto.
Acho que o poeta é um cara de pau
que se joga todo sem redes,
sem máscaras e sem óculos escuros.
É um ser que bota fogo no gelo
e espera um incêndio amazônico.
Para isso vivo e me preparo...
Como só tenho quinze anos,
estou ainda atiçando chispas.
Se uma chamazinha explodir,
se um verde minúsculo brotar
do azul do meu poema,
se o diálogo quebrar a indiferença,
valeu.

# Tempo

Passou o tempo de roubar amoras,
mangas, goiabas e mexericas
no quintal dos vizinhos.

Passou o tempo de sonhar vitórias,
com sorriso de campeão
de futebol, basquete ou corrida de carro.

Passou o tempo de empinar pipas
e dar asas aos olhos e ao corpo
para soltar-me no espaço com elas.

Passou o tempo de não ter vergonha
de ser rei dos castelos de areia
ou de esconder tesouros de figurinhas,
bolinhas de gude e pedras preciosas.

Passou o tempo de caçar briga,
chamar pro braço ou xingar a mãe
e a raça toda do amigo-inimigo.

Chegou um tempo de sonhar com a noite
na cidade, com todas as luzes e sons
que ainda amedrontam quando chamam.

Chegou o tempo de brigar com o mundo.
Sentir sufoco, calor nas mãos
e asas nos pés que querem sumir,
sair de casa e ganhar o mundo.

Chegou o tempo de pensar em namoradas
e sonhar com corpos e beijos
que vivem mais nos poemas que no real.

# O nome da namorada

> *Bela bela/mais que bela/*
> *mas como era o nome dela?*
> *(Ferreira Gullar, em* Poema sujo*)*

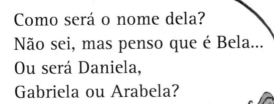

Como será o nome dela?
Não sei, mas penso que é Bela...
Ou será Daniela,
Gabriela ou Arabela?

Será que a menina bela
também tem um nome belo?
Fiquei tão nervoso,
quando troquei "olá" com ela,
que nem perguntei o nome dela.

Linda, linda,
mais que linda,
só que o nome dela
não sei ainda.

Para todos os efeitos,
para todos os afetos,
vou chamar minha garota de Bela,
pensando ser o íntimo nome de Arabela.

Melhor ainda,
vou chamá-la de Linda
ou de Flor,
pensando ser o íntimo nome de Lindalva
ou de Florinda.

Linda... Flor... Dalva... Bela

Como fui tão tonto
que nem perguntei o nome dela?!...

# As dores do mundo

Sinto bem fundo
todas as dores do mundo.

Só que meu poema
não conseguiu tocar
em feridas maiores.
Abro os jornais
e leio e choro e me arrepio
com a fome,
com a guerra,
com a aids,
com a violência,
com a destruição
do verde e da vida.

Tento escrever,
mas sai um poema impotente.
Fico pensando:
    as dores do mundo
    pedem canções
    ou exigem ação?

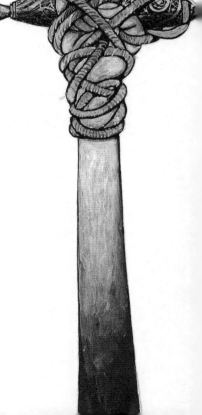

# A mulher convite

Estava na maior fossa.
Sentia um nó na garganta
e um jeito estranho de quem ficou
vazio de corpo e pensamento.

Aí abri a revista e vi,
toda nua, a mulher morena,
a mulher convite,
a mulher feitiço,
com seus insondáveis mistérios
nas mínimas partes do corpo.

E viajei com ela, nela.
Visitei seus vales e montes,
seus mares e matas,
suas grutas e continentes.

E assim, muito de repente,
senti que era dono dos meus sonhos
e que neles cabem namoradas, noivas
e mulheres fatais.

# O bilhete

Escrevi e reescrevi,
mil vezes busquei palavras,
acrescentei e cortei coisas,
até o lixo encher-se de papel.

Na declaração de amor
nada podia faltar
ou sobrar.
As palavras seriam música
e passariam inteira a paixão.

Escrevi mil vezes o bilhete
de amor.
E ele virou poema,
provocou delírios,
arrepiou meus cabelos
e ferveu o meu corpo todo.

Acho que ninguém escreveu ainda
tão belo poema-bilhete de amor.
Só que não tive coragem de enviá-lo...

# Clara e o amor

Clara,
na claridade
de sua menor idade,
de sua clara idade,
cora quando um cara
fala de amor
assim cara a cara.

Clara diz
com clareza
que o amor
pode fazer a gente feliz,
mas é sempre uma incerteza.

E enquanto o amor
não aclara,
Clara pede calma
à sua alma.

# Só vontade

Vontade de abraçar e beijar
minha mãe, meu pai e meus irmãos...
Dizer que não têm culpa
de meus azedumes, dos gritos,
dos ciúmes sem razão,
da cara sempre torcida,
de meu modo de emburrar.

Mas... só vontade...
Continuo seco e chato,
contendo a ternura,
arrastando asas,
sem nem saber a razão
de tanta tragédia.

# As ondas do mar

Uma vez mais,
    as ondas do mar...

Uma voz sobre as demais,
    das ondas do mar...

Escrevo na areia um poema,
    apagam as ondas do mar...

Me deito na esteira,
    me molham as ondas do mar...

Recebo no corpo quente
    o carinho das ondas do mar...

Vêm e voltam espumando alucinadas,
    as ondas do mar...

Parto pra longe, mas ainda escuto,
    vejo e sinto as ondas do mar...

# Sensações

Quando ouço os meus discos,
ganho asas, voo longe.
Vou longe, muito longe.

Sinto o som de minhas asas
em surdina.
E meus sentidos se aguçam tanto
que o mundo vive inteiro em mim.
Sinto perfumes de múltiplas
e invisíveis flores.
Na boca sinto o mel
e o gosto de valsas e sonhos.
Vou me deslocando fácil e leve,
até tocar as nuvens
e apanhar pedaços coloridos
do arco-íris.

Quando ouço os meus discos,
multiplico-me, purifico-me.
Sou tudo, sou mais eu.

# Indagação

Não sei o furor,
a guerra, a explosão,
que meu boletim vai causar
em casa.

Afundei feio outra vez
nas desumanas exatas,
embora continue brilhando
em línguas e literatura.

Sei que meu pai vai me dizer
que é preciso dominar
todos os campos do saber.
Minha mãe vai bater na tecla
das tramas dos vestibulares.

E eu, calado, vou me perguntar de novo:
Pra ser poeta, preciso entender
tanta coisa sem poesia?

# Rosa e rosas

Esta casa cheira rosa.
Quero ver se é rosa flor,
ou uma garota de nome Rosa.

Se for a rosa flor,
quero ver se é mesmo rosa.
Nem sempre a rosa é rosa.

Se for uma garota Rosa,
fico louco de ciúmes,
pois qualquer outro passa,
qualquer sem graça,
e sente logo o seu perfume.

E se for flor e for Rosa?
O mundo ficará cor-de-rosa.
Só que o duro mesmo é chegar
e com ela puxar prosa.

Pensando bem, posso falar de rosas
pra Rosa.
Posso falar da beleza,
do perfume das rosas
e das rosas que não são cor-de-rosa...

É, não é tão difícil puxar prosa.
O duro é bancar o cara-dura
e bater na porta da Rosa...

# A lua azul

Na passagem do ano
olhei muito, muito pro céu,
mas não consegui ver
a esperada lua azul.

Muita gente diz que viu
e era linda.
Um poema em azul brilhante.

Só vi a lua cheia,
muito bela brilhando amarela.
E, dentro dela, uma sombra cinza
de São Jorge e seu cavalo.

Só que nunca vou esquecer
que não tive poderes de ver
a lua azul
despedindo-se do ano velho
ou saudando o que nascia.

# Encucações paternas

Meu pai ainda não descobriu
que pra curtir a vida,
pra dançar, cantar, sorrir,
amar e me divertir pra valer
posso contar com a minha cara
e coragem e garra e alegria.

Não preciso de cigarro
nem de bebida
como ele.
Muito menos vou precisar
de drogas como estímulo.

Só preciso do meu querer
tirar da vida o melhor.
Só preciso do calor
e da alegria toda verde
de minha idade.

Meu pai é que não sabe...
Ou ele até sabe,
mas morre de medo
de perder o "filhinho".
E vive repetindo conselhos
como disco arranhado.

# Sonho doido

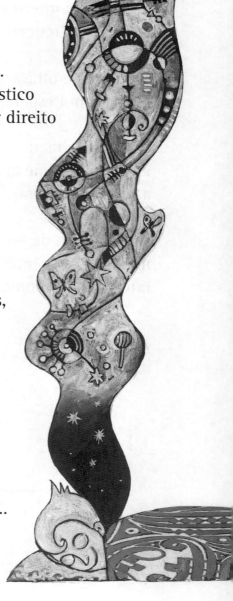

Sonhei um sonho doido,
de virar o mundo do avesso,
de provocar chuva de flores...
Sonho colorido, doce e fantástico
que nem consigo me lembrar direito
pra fazer você sonhar.

Acordei e foi aquela vontade
de pegar no sono,
de dormir um século,
só para retomar o fio
e de novo me envolver
na magia de cores, de formas,
de brisa no corpo,
de sons de valsas
e perfumes de jardins.

Acho que o amor verdadeiro,
o verdadeiro amor,
é como um sonho assim...

E pensar que ainda é manhã...
Vou ter de esperar a noite,
o sono e a incerteza
do sonho doido voltar!...

# Relacionamento

Por que meu pai me olha
com tantas interrogações,
com tantas reticências?...

Por que me olha com medo
e com tanta esperança?

O medo de meu pai me encoraja,
me desafia e me ajuda
a segurar a barra.

A esperança de meu pai me assusta,
me torna reticente, incerto,
interrogativo como ele.

# Os sons do mundo

Mais do que os gritos
e os gemidos de desespero
das bandas de *rock*,
ferem os meus ouvidos
os mínimos ruídos da casa.
Quando a casa toda dorme,
o mudo inteiro dorme,
os ruídos surgem e crescem
e violentam minha insônia.

É um pingo-d'água no banheiro,
um móvel que estrala,
o tique-taque incessante do despertador,
os roncos que vêm dos quartos,
o vento que bate nas vidraças
e os cochichos de bisavós e avós
que saem dos amarelados retratos.

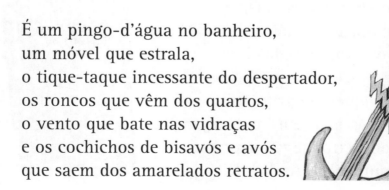

# Janela mágica

Da janela
do meu quarto
vejo a bela Arabela,
só ela...

E como sonho com ela!...

A Arabela sabe
e não sai de seu quarto,
sempre à vontade.
Não sei se por pura maldade,
troca roupas ou se penteia
em frente à minha janela.

E não vejo outra paisagem...
Só aquela loira imagem
de braços, de mãos, de seios
e ombros de seda clara.

Qualquer dia grito aflito:
— Fica mais em frente à janela,
não se troque tão depressa,
minha bela, Arabela!

# Se...

Se eu fosse mágico,
daria vida e presença
aqui e agora
a essa mulher nua
e escandalosamente bela
que se exibe sem segredos,
com uma tonelada de malícia
na revista.

Como não sou mágico,
só me resta engolir a garota
com os olhos.
Desligar-me de tudo
e só pensar na fera loira,
com seu corpo exato,
com seus olhos de tempestades,
com o seu sorriso de entrega,
com o seu jeito doido de ser só minha.

# Medos

Não tenho mais direito ao medo.
Sou quase um homem feito.
E, de cabeça erguida,
tenho de enfrentar todas as guerras,
todos os monstros e infernos,
todas as feras e fantasmas.

Só no meu canto, no meu quarto,
posso expor meu medo.
Posso mentir para mim mesmo,
dizendo que não temo nada.

Se eu abrisse o jogo
e falasse de todos os meus medos,
será que eles sumiriam?
Ou zombariam mais dos meus medos?

Seria tão fácil decretar a morte
de todos os meus medos...
Só que aprendo que eles
vão diminuir com o tempo,
mas não morrerão jamais.

# Camila é sonho

Camila é sonho, é luz
que entra no quarto.
Dá brilho aos meus olhos
e me aquece e me leva de leve
para o país só da ternura.

Camila é o azul
e o verde se misturando
em nova cor
de um arco-íris
feito só de carinho.

Camila é estrela
que surge no quarto.
E toca minhas mãos
e beija meu rosto
e alisa meus cabelos
e fica quando acordo.

Camila está sempre no ar,
com seu perfume, sua luz,
suas cores e formas
de flor e estrela.

Camila, cansei de você
vivendo só no sonho.
Eu te quero só minha
no mundo do real.

# O autor

Há muitos anos, escrevo poesias para adultos e crianças. Em palestras para adolescentes — muitos deles leitores de minha prosa e que, na infância, tinham lido minha poesia —, me perguntavam se eu não iria escrever livros de poemas para eles. Acho que a pergunta me provocou muito. Comecei a escrever pensando em como as minhas filhas agiam naquela idade. A Iara já tinha passado da adolescência, era uma jovem. A Lívia estava em plena adolescência, enfrentando dificuldades para adaptar-se àquele mundo de quem já não é mais criança e ainda não é adulto. O Érico era criança e ainda não havia entrado no jogo de ser cobaia do pai-poeta. Mas não bastaram as coisas vividas e anotadas por mim. Muito mais eu teria para escrever. Então fiz cursos e comprei, li e fichei muitos livros de psicologia da adolescência.

Em *Cantigas de adolescer*, acabei criando duas personagens, Maria e João, duas vozes poéticas que retratam o feminino e o masculino. Os problemas por eles vividos ligam-se aos medos, sonhos, descobertas, inseguranças, desajustes no relacionamento com os adultos, com os amigos, com o seu próprio eu. Ligam-se às mudanças no corpo e às descobertas do amor. Mesmo colocando tragédia onde não há, busquei o humor e os sentimentos (não o sentimentalismo) para expressar o que queria. Mesmo buscando inspiração nas cantigas medievais de amigo e de amor, valorizei as formas modernas e livres de cantar.

Um fato muito me emociona, desde o lançamento do livro: em dezenas de escolas onde vou falar dele, tomo conhecimento de poemas ou de antologias de poemas escritos por adolescentes que se sentiram provocados a escrever sobre as suas vivências, amores, grilos, gritos e sentimentos. Também gostam de dizer os poemas como se fossem monólogos teatrais. Não será esse o maior prêmio para um autor?

Como o livro foi um sucesso de crítica e de venda e ganhou muitos prêmios importantes, como gostei da experiência e senti que a temática do amor exercia um fascínio maior, repeti a dose em *Amor adolescente*, também da Atual. Ver agora *Cantigas de adolescer* reeditado em nova roupagem — depois de quinze edições esgotadas — me entusiasma e alegra.

## Entrevista

Em *Cantigas de adolescer*, Maria e João convidam à reflexão sobre a juventude e também incentivam o leitor a criar seus poemas, "sem redes, sem máscaras e sem óculos escuros". Na conversa a seguir, é a vez de Elias José estar em evidência, expondo sua sensibilidade de autor e poeta.

POR QUE VOCÊ DECIDIU ESCREVER ESTE LIVRO TODO EM POESIA?

• Eu quis retratar a adolescência em vários aspectos, enfrentando alegrias e problemas da nova idade, mas a partir de uma visão poética. Assim, os textos precisavam ser escritos em linguagem afetiva, plena de imagens poéticas, com um ritmo musical agradável, e apresentados em disposição gráfica atraente.

COSTUMA-SE DIZER QUE, EM CERTA IDADE, QUASE TODO MUNDO "COMETE" POEMAS. POR QUE VOCÊ ACHA QUE ISSO ACONTECE? POR QUE SERÁ QUE QUANDO A GENTE VAI CONFESSAR SENTIMENTOS E CONFLITOS POR ESCRITO PENSA LOGO EM FAZER POESIA?

• A poesia lírica, com o foco narrativo na primeira pessoa, centrado no eu, e ponto de vista subjetivo, sempre foi uma forma de exteriorizar sentimentos e dramas interiores. A prosa é mais objetiva, mais centrada no outro, na terceira pessoa, nas personagens. Confesso que comecei a escrever quando me apaixonei pela primeira vez – e escrevi poesia.

NA MÚSICA POPULAR BRASILEIRA, A QUALIDADE POÉTICA É, SEM DÚVIDA, UM DOS PONTOS QUE SE DESTACAM EM MUITAS LETRAS. EM SUA OPINIÃO, POR QUE TAIS LETRAS ENCONTRAM TANTA RECEPTIVIDADE POR PARTE DO PÚBLICO?

• O brasileiro canta muito e lê pouco; por isso, tem acesso mais fácil à poesia por meio das canções. A sensibilidade brasileira é muito especial, bem poética. É pena que os nossos poetas dos livros não sejam tão queridos como são os compositores. Que alegria seria ver todo mundo lendo Drummond, Cecília Meireles, Manuel Bandeira, Mário Quintana, Fernando Pessoa, Murilo Mendes, João Cabral, Ferreira Gullar e outros maravilhosos poetas.

QUE TAL CITAR ALGUNS POETAS DE SUA PREFERÊNCIA E DIZER O QUE GOSTA NOS POEMAS DELES? VOCÊ TEM ALGUM POETA DE CABECEIRA?

• Há dois poetas que amo de modo especial, cujos poemas leio sempre: Bandeira e Drummond. O primeiro me atrai pelo modo intimista e sensível de ver a realidade, um jeito mais subjetivo, mais natural e afetivo. Já Drummond se recusa a ser o centro do poema, é mais preocupado com o social, com o mundo. Em comum, os dois têm uma linguagem e uma proposta bem renovadoras, sem ligação com os excessos românticos dos poetas anteriores a eles. Daí a influência que exerceram nos poetas de suas gerações e das gerações posteriores.

MARIA E JOÃO TÊM EM COMUM O FATO DE ESTAREM NESSA IDADE EM QUE O MUNDO TANTO ASSUSTA QUANTO ENCANTA E EM QUE A GENTE SENTE UMA TREMENDA PRESSA DE VIVER. QUE LEMBRANÇAS PRINCIPAIS VOCÊ GUARDA DESSA FASE DA SUA VIDA?

• Escrevi influenciado mais pela adolescência de minhas duas filhas (o Érico era criança na época) do que pela minha. Além disso, fui professor de adolescentes que me deram vários motivos para escrever. Li e fiz muitos cursos sobre psicologia da adolescência, para ser coerente com o que me interessava: retratar o adolescente de hoje. Eu fui muito tímido, fruto de uma educação mais antiga, mais repressiva, um adolescente que pouco podia se expressar sobre determinados temas. Só à custa de muita rebeldia juvenil pude achar o meu jeito de expressar o mundo, bem depois da adolescência, que cedo acabou, devido a logo ter me dedicado ao trabalho e estudo, o que me deixou sem muito tempo para o lazer.

AMBAS AS PERSONAGENS DE CANTIGAS DE ADOLESCER PARECEM USAR O ATO DE ESCRE-VER PARA ENTENDER MELHOR O QUE ESTÃO VIVENDO E SENTINDO. NA SUA OPINIÃO, ESCREVER SERIA UMA BOA MANEIRA DE A GENTE DESCOBRIR NOSSO LUGAR NO MUNDO, SABER O QUE QUER DA VIDA, IDENTIFICAR QUAL É NOSSA TURMA, ENTENDER O QUE ACON-TECE À NOSSA VOLTA?

• O fato de eu buscar a linguagem e as vivências de adolescentes dos dois sexos, de usar as palavras deles e não do adulto que as escreveu, foi intencionalmente um modo de ajudar os jovens dessa idade a se entende-rem e a entenderem o outro, o mundo. Os leitores dos dois sexos, para mim, podem identificar-se tanto com João como com Maria. Alguns lei-tores adolescentes acham estranho que eu, um homem, use um eu femini-no, a voz de Maria. Aí digo, como Pessoa, que "o poeta é um fingidor". A voz e a postura, no caso, são uma máscara. Mas João também não sou eu, é a máscara masculina do poeta. Será difícil entender a liberdade do artista? Creio que não, se embarcarmos no sonho, na fantasia.